네가 오는 바람에

네가 오는 바람에

초판 1쇄 인쇄일 2016년 12월 13일
초판 1쇄 발행일 2016년 12월 20일

지은이 이수진
펴낸이 양옥매
디자인 남다희
교 정 조준경

펴낸곳 도서출판 책과나무
출판등록 제2012-000376
주소 서울특별시 마포구 방울내로 79 이노빌딩 302호
대표전화 02.372.1537 **팩스** 02.372.1538
이메일 booknamu2007@naver.com
홈페이지 www.booknamu.com
ISBN 979-11-5776-348-1(03810)

이 도서의 국립중앙도서관 출판시도서목록(CIP)은 서지정보유통지원 시스템
홈페이지(http://seoji.nl.go.kr)와 국가자료공동목록시스템
(http://www.nl.go.kr/kolisnet)에서 이용하실 수 있습니다.
(CIP제어번호 : CIP2016030397)

네가 오는 바람에

이수진 지음

꽃이 필 때 소리 없는 사랑이 들려왔고

잎이 질 때 또다시 네가 왔다

네가 오는 바람에 봄은 따스했고

이 겨울은 가슴 가득 설렐 것임을

책과나무

– 목차

1
쉴 새 없이
사랑스러워

4

눈에 넣어 아픈,
/ 그대

5

사랑
부호

1
쉴 새 없이
사랑스러워

늘

발이 뛰어야
가슴이 뛰었지만

이제는
가슴이 뛰고
발이 뛴다

너에게로
갈 때면

우리가 서로 사랑하는 건

네 탓이야

아냐,
네 탓이야

어쩌죠?

헤엄도
못 치는데
빠졌어요

사랑이라는
바다에

러브 스토리

사랑은
미안하다고
하는 게 아니래요

사랑은
고맙다고
하는 것도 아니에요

오직
사랑한다고만
하는 거예요

참

살다 살다
너 같은 사람
처음 본다

보다 보다
못해 이젠
말해야겠다

네가
지금
정말로
사랑스러워

너는

어쩌다
이 모양으로
생긴 걸까?

어쩌다
여기에서
얼쩡거리는 걸까?

어쩌다
별처럼 생겨서
내 앞에서
이토록 빛나는 걸까?

변덕쟁이

하루에도
몇 번씩
이랬다저랬다
하네요

좋아했다
사랑했다
좋아했다
사랑했다

고집쟁이

꽃은
꺾는 게 아니라지요

고집도
꺾는 게 아니에요

그대 사랑하는
이 마음

비 갠 아침

어젯밤
그렇게 쏟아 놓고도
언제 그랬냐는 듯
창밖은 눈부시다

네가 왔나 보다

고백

묻지도
따지지도 말고
들어 줄래?

너를
좋아하는
내 마음

그대에게로

꼼짝 마
거기 서!

서란다고 서겠냐?

봄 좀 잡아 두려 했더니
얄궂게도 가 버린다

꼼짝 마
여기 서!

내 마음 좀 잡아 두려 했더니
말도 안 듣고 가 버린다
그대에게로

세상

받아 주니
바다

딛게 해 주니
땅

우러르게 해 주니
하늘

사랑하게 해 주니
온 세상
당신

양보

꽃들아
자리 좀 비켜 줄래?

별들아
자리 좀 비켜 줄래?

그 자리에서
내 사랑이
피어나고 빛날 수 있게

키 재기

내가 더 커

아냐,
내가 더 커

아냐,
내가 더 크거든
너를
사랑하는 마음

쉴 새 없이

너의

눈에서

뺨으로

콧등으로

입술로

쉴 새 없이

사랑스러워

강아지풀

너의
파릇한 간지럼에
나올 듯 말 듯
터져 나오고 말았다
못 속인다

사랑

아무거나

어디 갈래?
아무 데나

뭐 먹을래?
아무거나

뭐 볼래?
아무거나

줏대 없이 보여도
네 앞에 있으면
그 무엇도
아무거나

성의 없이 보여도

너와 함께 있으면

어디 가서 뭘 먹고 뭘 보든

행복

오직

가을이 와서
단풍이 들까요?

단풍이 들어서
가을일까요?

오직
그대가 와서
내 가을이
물드는 거예요

바람에

네가
오는
바람에
꽃잎이
흩날린다

자물쇠

나는
그대에게
잠기고

열쇠는
바닷속에
잠긴다

딱지

내마음에덕지덕지꾹눌러붙어떨어지지않는네생각

그렇게

그대에게
사랑한다 말해요
크지도 작지도 않게

너무 크면
한 발짝 뒤로 갈까 봐
너무 작으면
내 말을 듣지 못할까 봐

그대에게
사랑한다 말해요
많지도 적지도 않게

너무 많으면

그 사랑 퇴색될까 봐

너무 적으면

이 마음 몰라줄까 봐

사랑한다 말해 줘요

그대도 그렇게

가을 낮

살랑살랑
가을 낮을 흔드는
바람에 기대어
그대를 기다립니다

가물가물
감기는 향긋한 졸음에
설레던 마음도 잊고
나도 모르게 하품을 합니다

누구라도 봤을까
발개진 눈을 들어 보니
푸르른 하늘이 개운합니다
곧 그대가 오려나 봅니다

이치

한때는
꽃이 펴서 좋고
때로는
신록이 우거져서 좋고
한동안
단풍이 물들어서 좋고
이따금
눈이 내려서 좋고

지금은
네가 있어서
좋고

소낙비

비도
뛰어오는구나

내가
너에게
뛰었던 것처럼

처서

절기는 못 속이듯
시원한 바람
감추지 못하고

사랑은 못 속이듯
발그레한 수줍음
숨기지 못하네

어김없이

덥다 덥다 해도
어김없이 와 주는
가을처럼

그립다 그립다 하면
어김없이 와 주는
그대이길

역시

외나무다리에서
만난다더니

옴짝달싹
못한 채
너를
사랑하고
만다

2
우리 사이에 끼어든
커피 두 잔

봄비

나는
혼자 내리고 싶은데
자꾸 따라가려 한다

나는
홀가분히 가고 싶은데
꼭 데려오라 한다

추억과 그리움이란 걸

5월

3월은
움트는
봄

4월은
피어나는
봄

5월은
당신과 함께 빛나다
아름답게 머물
봄

다행이네요

주섬주섬
봄이 떠날 채비를
하네요

함께 왔던
그대는
두고 간다 하네요

부탁

드디어
올 것이
오는구나

혹시
너만 오면
안 되겠니?
여름아

무더위는
떨궈 놓고
싱그럽던
추억만 데리고

인수인계

봄이
여름에게
당부한다

나를
잘 부탁한다고

여름이
봄에게
걱정 마라 한다

나를
많이 사랑해 주겠다고

6월

달력 한 장 넘기니
장미향이
코끝을 스칩니다

시집 한 장 넘기니
꽃잎이
사르르 날아오릅니다

마음 한 장 넘기니
그 안에
그대가 붉게 피어 있습니다

커피

언제나
따뜻한 커피를
마셔요

여름이 되어도
따뜻한 커피가
좋아요

사시사철
따스한 그대가
좋은 것처럼

하지

일찍 왔다가
늦게 가요
그대

오늘의
햇살처럼

커피와 라면

커피는
그대 생각과
잘 어울려요

라면은
그대 생각과
어울리지 않아요

그대 생각하다
사레 걸리면
낭패거든요

어느 여름날

더워도
여름다운
여름이 낫고

아파도
사랑다운
사랑이 낫다

오늘 참
더웠다
여름답게

열대야

잘 잤나요?
그대

달빛조차 햇볕 같고
바람조차 입김 같은
지난밤을

잘 보냈나요?
그대

닫아도 열어도
밀려드는 그리움에
잠 설치던
나의 지난밤을

계절

따뜻하다가
더웠다가
시원하다가
추웠다가

그리웠다가
그리웠다가
그리웠다가
그리웠다가

때론
사계절도
하나뿐인 계절이 됩니다

늦여름

하늘에 널린
구름이 잘도 마른다
나도 모르게 걷으려 하니
까슬한 홑이불 냄새가 난다

잘 마른 구름 걷히니
푸른 물 향기가 난다
구름 없는 빈 하늘이
그리움으로 가득 차려 한다

가을 채비를 하려 한다

손님

어,
언제 왔지?
왔으면 왔다고
말을 하지

커피 내리는 사이에
성큼 들어온
손님이네요

가면 간다고
말도 안 할 거면서

커피 마시는 사이에
불쑥 들어앉은
손님이네요

나에게 찾아온 가을은

8월의 끝에서

그래도 아침이라고
살며시 들어온 바람 한 줄기가
달력 한 장을 만지작만지작
거들먹거린다

살며시 들춰지는
달력 사이로 보일락 말락
새초롬한 가을이 보인다

덥지도 서늘하지도 않은
바람 사이로 닿을락 말락
새침한 가을이 손을 내민다

9월

내가
내리면 타야죠

이렇게
먼저 타려 하면
어떡해요?

내리는 여름이
타려는 가을에게
살짝 눈을 흘긴다

멋쩍어진 가을
살며시 9월을 내민다

그대와 나

마주 보고
웃는데
무언가
끼어듭니다

커피 두 잔
그리고
사랑 하나

가을비

봄비는
사랑하라고
꽃을 피운다

가을비는
그리워하라고
잎을 물들인다

꽃보다 향기롭게
그리워하라고

가을엔

밥 먹었니?
라는 말보다
커피 마셨니?
라는 말을 하세요

보고 싶다
라는 말보다
그립다
라는 말을 나누세요

전화해
라는 말보다
편지해
라는 말을 들으세요

가을은 그렇게

커피 한 잔 옆에 놓고

그립다는 편지 한 통으로도

따뜻하게 잘 지냈다 할 거예요

만추

이 가을
아낌없이
떨구다

저 겨울
첫눈으로
만나지길

가을 아침

창문을 여니
서늘한 바람이
후다닥 들어온다

한동안
닫지 않았다
지나가던 바람
잠시 머물다
따스해지면 가라고

시월은

마지막
하루를 위해
서른 날을
태운다

11월

당신은
가을인가요?
겨울인가요?

난 그냥
11월이에요

가을과 겨울 사이에서
사시사철 그리워해도 모자라
한 계절이 된 11월이에요

가을 하늘

하늘 무서운 줄
알아야지

함부로
올려다보는 순간
떨어지고 말아

끝없이
끝없이

가을 옷

언제부터
입지 않았는지 모를
유행 지난 가을 옷 한 벌

이제는
버리려 주머니에 손을 넣으니
접혀진 만 원짜리 한 장 나온다
작은 기쁨이 손아귀를 스친다

장롱 속 오래된
가을 옷 한 벌은 그렇게
기쁨 한 장 쥐어 준 채
이 가을을 떠난다

주머니에 함께 담겨 있을지 모를
추억만을 데리고

입동

갈까 말까
가을이 나를 떠본다

올까 말까
겨울이 내게 묻는다

나는 이미 겨울과
눈이 마주쳤다

아직은 가을로 가득한
거리에서

습관

커피를 타기 전에
따뜻한 물로 잔을
데워 놓습니다

비가 오기 전에
따뜻한 시로 마음을
데워 놓습니다

따뜻해진 잔과 마음에
비가 포근히 내립니다

3

네 생각을 하면서
네 생각이 궁금해

가지가지

다짜고짜
맘대로 나타나지를 않나

불쑥불쑥
멋대로 들어오지를 않나

이리저리
온통 휘젓고 다니지를 않나

정말 가지가지 하네요
내 안의 당신 생각

꿈 1

우리
거기서는
그만 만나요

이젠
여기서
만나요

꼬집으면 아플
이곳에서

길

뭔들
안 좋을까

뭔들
안 예쁠까

뭔들
꿈같지 않을까

너에게 가는 길

칠판

분필 가루 자옥한
칠판 한 귀퉁이에
떠든 사람 이름 하나
적혀 있네요

그리움이 자옥한
마음 한 복판에
지워지지 않는
추억의 이름 하나
새겨 있네요

비 1

네가 오니
햇살이 잠시
자리를 비켜 준다

네가 오니
별빛이 잠시
하늘 뒤로 숨는다

네가 오니
눈치 없는 그리움
자리 잡고
갈 생각을 안 한다

바람

너는
누구를 그리
찾아다니는지

이렇듯 창문들을
흔들고 다니니 말이야

나도 내다볼 뻔 했잖니
내가 보고 싶어
찾아온 줄 알고 말이야

오늘같이

종일 그리움이
내리는 날엔

그 마음 넓던 바다도
한마디 합니다

에잇,
다 젖었네

일기장

맑은 날이건
흐린 날이건
매일매일
적고 있어요

그대 생각

훔쳐봐 줄래요?

말로만

말로만
보고 싶다

말로만
그립다

말로만
사랑한다

머나먼
그대에게서
말로만이라도
들려와 주었으면

종이학

천 번을
접으려 했지만
접지 못했어요

내 마음에서
그대를

안부

톡 톡톡톡톡?
잘 지내나요?

톡톡
나도

톡 톡톡톡
잘 지내요

비 내리는 오늘
그대에게
안부를 보냅니다

이파리

언제나
바가지에
이파리 한 장
띄워 놓습니다

어느 날 갑자기
한 바가지 그리움이
왈칵 쏟아져
가슴에 엎힐까 봐

그 꽃은

피어나
지지 않고

물들어
지지 않는

그리움이란
꽃

비 2

하늘은
지금 비질 중
뿌연 하늘을
쓸어내린다

내 가슴은
지금 비질 중
고이는 그리움을
쓸어내린다

쓸고 쓸어도
자꾸 고인다

별빛

당신이
보는 별빛은
수억 년 전의
별빛이에요

그렇게
보냈던 그리움이
이제야
닿았나 봐요

종이우산 1

빗물은
흘러내려도

그리움은
스며듭니다

빗물은
막아 주어도

그리움엔 젖어 버리는
우산을 펼쳐 듭니다

종이우산 2

종일 내리면
잃어버릴 일도 없는데

비 갠 오후면
꼭 어딘가에 두고 왔던

수십 수백 개의
네 생각들

손톱별

한여름 밤이 남긴
간질간질한 흔적에

꼭꼭
눌러 새긴
별 하나

꼭꼭
눌러 새긴
그리움 하나

비의 의미

여기는
비가 오네요
거기도
비가 오나요?

그대가
보고 싶어요
그대도
보고 싶나요?

덤

시원한가요?
내가 보낸 바람이에요
나에게 왔기에
들러 주라고 했죠

느껴지나요?
내가 보낸 가을이에요
나에게 오기에
가 주라고 했죠

받았나요?
내가 보낸 덤이에요
나에게 가득하기에
얹어 보냈죠

그리움 한 조각

늘

네 생각을
하면서

네 생각이
궁금해

나날

뜨고 지다
하루가 가고

피고 지다
계절이 가고

뜨고 감다
나날이 간다

그리운
나날이 간다

무지개

비 내린 후에
무지개가 뜨는데
눈물 흘린 후에도
무지개가 뜰까요?

일곱 빛깔은
아니더라도
푸른빛 하나쯤은
그리움 되어 뜨겠지요

저녁

사계절이 하루면
가을은
저녁이 아닐까요?

노을이 내려앉아
잎을 물들이고
길게 드린 땅거미는
짙은 그리움 같아

나갔어도
저녁에는 돌아오듯
떠났어도
가을에는 돌아올
그대가 아닐까요?

밤비

이제 보니
밤사이 왔었네요
어두워서
잘 보이지도 않을 텐데
이렇게 온 것을 보면

그대를
언제 어디서든
눈 감고도 찾아가는
나의 그리움처럼

비도 누군가가
애타게 그리워서
찾아왔나 봅니다

묻다

바람에게
묻는다

그리움
묻은
세월은

이제 그만
묻어도
되냐고

장맛비

6월에는
장맛비가 내립니다

6월에는
장밋비가 내립니다

장미향 머금은 비가
그대 생각인 듯
하루 종일 내립니다

어느새

웃지마
정들어

어느새

울지마
병들어
내 마음이

4

눈에 넣어 아픈,
그대

누구게?

갑자기
두 눈이 가려지더니
살며시 따뜻해져

목소리를 듣는 순간
손등을 만져 보고
팔을 만져 봐

두 손을 떼고
뒤돌아보고 싶지만
따뜻해진 두 눈을
그대로 멀게 놔 둬

그게 사랑이야

증상

눈은 침침하고

코는 찡해 오고

입술은 메마르고

목은 따끔거리고

귀는 먹먹하고

이마는 뜨끈하고

가슴은 저리고

간혹 환절기에 오는

사랑과 감기의 합병증

빛 1

낮에는
햇빛에게
밤에는
달빛과 별빛에게
날마다
빚을 지고 산다

빚은
그 빚을
갚으라 한다

스스로
어둠을 이겨 내는 것으로

빛 2

열지 않고도
들어오네요

닫아 놓고도
느껴지네요

내 가슴속
유리창으로
눈부신 그대가
들어오네요

계단

나만
이겨도 안 되고
그대만
이기지도 말아요

올려다보고
내려다보면서
우리 사이
멀어지면
안 되잖아요

판단

객관적으로

그대는

좋은 사람이에요

주관적으로

그대는

좋아하는 사람이에요

잔소리

너는
손이 없어,
발이 없어?

나에게로
걸어와
내 손 좀 잡아 주지

시

시는
아무나 쓰는 건가요?

아니요
아무나가 아니라
누구나 예요

사람이
아무나 사랑하지 않듯이

사람은
누구나 사랑할 수 있듯이

눈빛

햇빛
달빛
별빛

올려다볼 수 있는
아름다운 빛이지만

들여다볼 수 있는
그윽한 빛은
그대 눈빛입니다

유리창

작은 유리창 앞
햇살은 들어오는데
바람은 머뭇거립니다

닫혀 있어
함께 들어오지 못하고
열어 달라 소곤거립니다

햇살과 바람이
열린 유리창으로
들어옵니다
그대 소식 전하러

눈에

불어 줄래?
눈에 뭐가
들어갔나 봐

호!

눈에
들어갔던
네가
가슴에
들어온다

초대

초대를
받을 때는
양손 가득히

뭘 그리
보고만 있어요?
무겁잖아요

그러자
그 사람은
냉큼 받아 주었다

내 마음을

그대를

눈에 넣어도
안 아플까요?

아프죠
아파서 눈물이 나죠

눈에 넣고도
그리워서

눈물

눈물이
짠 이유를 아니?

눈은
바다이기 때문이야

바다가 차올라
넘쳐흐르면
그게 눈물이야

검푸른 그리움이 차올라
방울져 떨어지면
그게 눈물이야

마치

마치
별 같은 꽃
마치
꽃 같은 별

마치
하늘같은 바다
마치
바다 같은 하늘

아름다운 것들은
서로 닮은 채
낮에도 밤에도
어느 곳이든
그 자리에 있어요

마치

바람 같은 당신

마치

당신 같은 바람만

아니고서

물수제비

그대
내 가슴에 걸어와
발자국 남기고

그 끝
어디에선가
잠겨 버립니다

구름

바람에
떠밀리고
햇살에 이끌려
여기까지 와 보니
당신이 있네요

이만
비가 되려 합니다
당신에게 내리려 합니다

걷다가

마주친 한 사람

오른쪽으로 비켰더니
오른쪽으로 내딛고

왼쪽으로 비켰더니
왼쪽으로 내딛는다

그대로 서 있었더니
내 가슴으로 들어온다

노을

그리움
한 점 위에
눈물 한 방울
떨구니

번져요
가슴에 번지고
하늘에 번져요

포기

너란 사람
정말 어쩔 수가 없구나

네가
내 마음에 들어올 수밖에

너를
사랑할 수밖에

잊지 마요

보이지 않아도
그 하늘 그 별

불지 않아도
그 언덕 그 바람

지고 없어도
그 나무 그 잎

가고 없어도
오지 않아도
나를 잊지 마요

탓

네가
가니까
잎이 더 쏟아져 내려

네가
가니까
옷깃을 더 여미게 돼

네가
가니까
따스히 지내라는
안부 한 번 보내고 싶어

가을,
네가 가니까

의미

나는
때가 돼서
내리고 적실 뿐인데

너도
때가 돼서
피고 질 뿐인데

그도
때가 돼서
빛나고 떨어질 뿐인데

때가 되는 순간
수많은 그리움과 사랑과 추억이
부여된다

순간

따갑게 쏟아지는
봄 햇살의 끝자락에
헷갈린다

봄이었던가
여름이었던가

아직 봄이구나
내 마음속 그대가
여전히 따스한 걸 보니

그 안에

진정한 시원함은
여름 안에

진정한 따뜻함은
겨울 안에

진정한 행복은
시련 안에

진정한 사랑은
아픔 안에 있다

차이점

기억은
잊지 않는 것

추억은
잊지 못하는 것

기억은
머릿속에 머무는 것

추억은
가슴속에 사는 것

기억은
연필로 적어
지우면 사라지는 것

추억은

잉크로 적어

향기로 번지는 것

그대는 나를 기억하나요?

나는 그대를 추억해요

왜

여름이면
가을을 기다리고

가을이면
겨울을 기다리고

겨울이면
봄을 기다리는지

기다리다 보면
네가 올 것 같아서

첫눈

눈에
눈이 들어가면
눈물일까요?
눈물일까요?

눈에
그리움이 차 있으면
눈물이지요

5
사랑
부호

양치기 소년

행복해!
라고 외치면
불행이 와서
얼쩡거리다 돌아가고

두 번째로
행복해!
라고 외치면
불행이 또 와서
기웃거리다 돌아가고

세 번째는
진심으로 행복해!
라고 외쳤더니
불행은 더 이상
찾아오지 않았다

휘파람

바람이
어디서 오는지
궁금했는데
그대의 입술이었군요

바람이
어디로 가는지
궁금했는데
여전히 알 수가 없군요
그 바람 소리에
눈을 감고 있느라

투표

누구 찍을 거야?

글쎄

그 종이에는
찍을 사람 찍고

네 마음에는
내 이름 찍어

소망

하늘 안
별이고 싶고

바다 위
섬이고 싶고

산속
나무이고 싶다

그대 곁
별과 섬과 나무이고 싶다

허수아비

나도 쫓을 마음 없고
너도 달아날 생각 없다

차마
기다렸다는 말 못하고
두 팔만 벌리고 서 있다

마냥
그리워했던 가슴 내밀며
두 팔만 내주고 서 있다

책갈피

책갈피 꽂아 둔
시집을 펼치면
늘 그 시이고

책갈피 꽂아 둔
마음을 열면
늘 그대이다

오늘도
시 안에서
그대를 만난다

.

우산

비바람을 막으려고
안간힘을 쓰다

이런!
뒤집히고 말았네요

그대에게 내 맘을
들키고 말았네요

시간

이 약은
많이 아프건
덜 아프건

쪼개고 쪼개어
자꾸 쓸수록
효과가 더 좋습니다

장미가

너에게
친구 하자고
하겠다

오늘은
너에게 장미를
주지 말고
장미에게 너를
안겨 줘야겠다

사랑 부호

그대 생각이
떠오를 때
느낌표

그대의 안부가
궁금할 때
물음표

그대가 내게 와
머물 때
쉼표

그대와
나 사이에는 없는 건
마침표

의자

늘

당신의

등만 바라보아도

앉아 주고 기대며

따스함은

남기고 가니

행복해요

그네

갈 데까지 가 볼래
하늘을 향해

닿을 때까지 딛을래
희망을 향해

날 때까지 구를래
꿈을 향해

너를 원해

부디
나만 바라봐

아무리
이리저리 둘러보아도
나만큼 너를 원하는
사람은 없어

부디
나만 바라봐

선풍기

이별 통보

더 이상
나를 찾아오지 마
너를 향해 열어 놓은 문이 아니야

이젠
내 귓가에 속삭이지 마
한밤의 밀어는 괴로울 뿐이야

제발
그 붉은 입술 자국을 남기지 마
내겐 숨기고 싶은 낙인일 뿐이야

모기
너를 사랑하지 않아
아니, 사랑한 적조차도 없어

바람개비

네가
오지 못하면
내가
달려갈게

너를
향한 마음
언제나
멈추지 않아

번지점프

떨어지려고
올라갔는데

빠졌네요
그대에게

불꽃놀이

별이 되고 싶어
쏘아 올려진 꽃

미처 닿지 못해
허공 속에 빛나다
스러지다

코스모스

어떤 꽃은
따사로운 햇살 먹고
피어나지만

어떤 꽃은
소슬한 바람 먹고
피어난다

어떤 꽃은
햇살에 익은 향기로 취하지만

어떤 꽃은
바람 타고 온 그리움에 취한다

쓰레기통

오늘은 꼭
좋은 일이 있을 거야

하나, 둘, 셋!
단번에 들어간
종이 뭉치

너에게 맡긴
작은 하루가
미소 짓는다

횡단보도

무심코 기다리는데
누군가 발을 내딛는다
나도 따라 한 발짝

이내 멈추었지만
앞선 누군가는
벌써 저만치 가고 있다

초록불은 켜지고
나는 다시 걷는다
앞서가는 가을을 따라

쪽지

때로는
봉투 안 사랑보다
쪽지 속 이리저리 접힌
글자들이 정겹고

이따금
우편함보다
호주머니에서 전해진
쪽지 한 장이 더 따뜻하다

호주머니

가으내
내 손으로
덥혀서

겨우내
그대 손을
녹였으면

하늘에

구름
한 점 없다

그리움
한 점 있을 뿐

그걸로
온통 파랄 뿐

모래

눈물은
앞섶을 적시고

모래가
발등에 쌓인다

두 손에
담고 담은
그리움이 넘쳐
발등을 덮는다

꿈 2

산은
오르라고
있는 것

계단은
오르라고
만든 것

꿈은
오르라고
갖는 것

먹구름

하늘도
아프면
검푸른
멍이 듭니다

하늘도
참지 못하면
그 멍을
눈물로 쏟습니다